猫と写真と短歌と僕と

仁尾智 著

ONDORI

はじめに

猫と短歌は、相性がいい。

猫の短歌は、数多くある。たぶん猫の「何を考えているのかよくわからない」ところに、作り手や読み手の「何か」を投影しやすいからなのではないか。

猫と写真も相性がいい。

猫は、そのしなやかさや、無邪気さ、奔放さが、被写体として優秀なんだと思う。

では、写真と短歌は、どうだろう。

実は、案外難しい。写真に短歌を合わせるときは「その写真がなくても、短歌が単体で成立する」ということに一番気をつける。写真は強くて、手強いのだ。

本書は、猫の日めくりカレンダー「猫めくり」にご応募いただいた写真の中から厳選した素敵な写真を見て、感じたことや思い浮かんだことを短歌として書き下ろした、という一風変わった猫短歌フォトブックです。

短歌を読んでから写真で和んでもらってもいいし、写真を先に見て、自分ならどんな短歌を作るかを考えてみてもおもしろそう。

みなさまに楽しんでいただけますように。

仁尾　智

猫と写真は
相性がいい

目次

季節のうた

春夏秋冬

生まれくる猫に「ようこそ　だいじょうぶだよ」と言える世でありますように

春

長かった冬から顔を出す春のように引き戸のすきまから猫

陽光に透けるピンクの猫の耳　桜と同じ色をしている

Spring has come　猫が庭に咲く花の匂いを網戸越しに嗅ぐ

春眠（に限らないけど）暁を覚えなすぎる猫が起きない

また外で二匹の猫の唸り声　猫には猫の「春闘」がある

春

カシューナッツの形で眠る猫

あったかいってしあわせなこと

蛇口から直接水を飲む猫のために水を出す係の僕だ

いい風が入る窓辺がこの家の特等席と知っている猫

仰向けでバンザイをして寝る子猫　胴上げされる監督みたい

釣り堀のように窓辺で四匹の猫が並んで尻尾を垂らす

黒猫の夕日に映える横顔が絵になって絵になって泣きそう

夏

床に落ちてる猫をよけていく　起こさぬように踏まないように

猫と季節

もう四半世紀も猫と暮らしてきたことになる。つまり、二十回以上、猫とともに春夏秋冬を過ごしてきた、ということだ。

その間、ささやかに猫を保護して、去勢避妊手術をしたり、一時的に預かったり、里親を探したりしてきた。

長年の活動のおかげで、我が家の周辺では、「知らない猫」を見ることがなくなってきた。見かけるのは、だいたい去勢避妊手術を済ませた、いわゆる「地域猫」だけである。

こうなる以前、春は身構える季節だった。猫の繁殖期だからだ。庭や家の前の畑から「ピー」とも「ビー」とも言えないような、子猫独特の鳴き声が聞こえると、もうてんやわんやである。

では夏になると落ち着くのか、というと、このところの夏の酷暑は異常だ。いくら猫が涼しい場所を探すのが得意でも、最近の日本の暑さには、逃げ場がない。そんなわけで、夏だって十分気がかりなのである。

……かと言って、冬が暖かいわけではないのがしゃくにさわる。特に僕が住んでいるのは、田舎の山間部なので、冬はきちんと冷える。だから、我が

家の庭には、外猫に暖かい寝床とごはんを提供する場所として、「サンルーム」という部屋を増設している。

こう考えていくと、僕の心が穏やかなのは「秋」だけなのだ。ところが、どういうわけか、猫とはまったく無関係に、毎年秋口には身体がだるくて、気持ちが立ち上がらない。

つまり、僕は一年中、心配したり、不調だったり、という生活を四半世紀も続けている、ということになる。自分で思っているよりは、タフなのかもしれない。

天高く猫肥ゆる秋　ダイエットフードは一切食べてくれない

旅前夜　どかない顔をした猫がスーツケースを占拠している

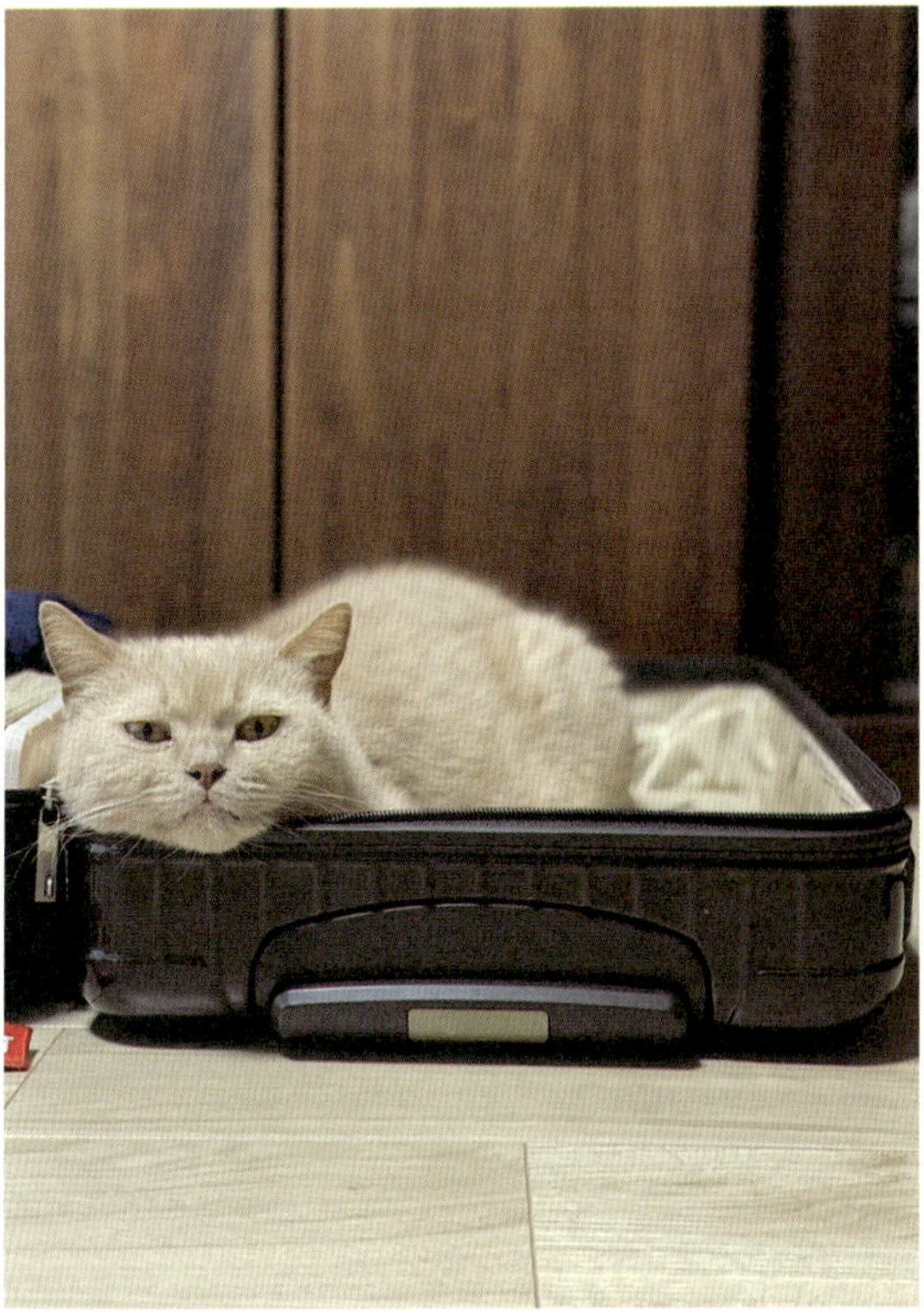

してほしいポーズを割としてくれる　猫は意外と空気が読める

よく食べてよく遊べ猫　食欲は生きてる証　生きていく意志

何が見え何を思っているだろう　猫が見つめる先には虚空

秋のせい　いつもと同じ猫のはずなのに思慮深そうで物憂げ

秋

春と同じ形で眠る猫　これから閉じていく花みたい

今季初「窓の結露を舐める猫」を観測したのできょうからが冬

この時間　窓辺のここはあったかい　猫は我が家のひなた探知機

ひと回り大きく見える冬の猫　冬毛のせいと思いたいけど

柑橘の匂いを嫌う猫なのにみかん箱には入ろうとする

くまもと風
〜熊本より心を込めてお届けします

猫はよくあなたを見てる　最近はコタツに入る姿勢も同じ

「だるまさんがころんだ」みたい　見るたびに猫がストーブに近づいている

雪の朝　初めて猫が見る白い世界はたぶん怖いと思う

冬

円に近い形で眠る猫　冬眠ってこんな感じなのかな

猫と喜怒哀楽

猫の「喉を鳴らす」という喜びの表現は、秀逸だ。人間に「ああ、いま猫は喜んでいる！」と知らせつつ、猫自身であまり制御できていない感じが、いい。人間で言えば「顔がほころぶ」みたいな感じだろうか。

猫の怒りの表現は、「怯《おび》え」を伴うことが多い気がする。僕ら人間が目にする「尻尾をふくらませる」行為や「シャーッ」と威嚇する行為は、怒ってるんだけど、自分より何倍も大きな動物（人間）に対しての「怯え」なのではないか。猫同士のケンカも「怒り」というより「怯え」の結果、みたいに見える。

……って思ってたけど、よくよく思い出してみると、我が家の最初の猫で、妻が実家でかわいがっていたのを結婚時にいっしょに連れてきた猫は、僕に対してだけすごく忌々《いまいま》しそうに「怒り」を表明していたな……。そこには「怯え」とか全然なくて、むしろ僕が戦々恐々としていた。

猫に「哀しみ」は似合わない。猫には「未来を憂い、過去を悔やむ」という感情がないらしい。常に「今」に全力な猫には、「哀しい」という感情は生まれづらいのかもしれない。でも、仲よくしていた猫に先立たれたとき、残された猫の様子が明らかに変わることがある。夜、鳴くことが多くなったり、こ

れまで行かなかった部屋に居たがったり。これが「哀しんでいる」ように見えてしまうのは、人間側の思い込みなのだろうか。

猫は、楽しさの表現が奥ゆかしい。目が黒目がちになったり、ひげ袋をふくらませたり……。縁あって我が家に来た猫には、存分に楽しんでもらいたいのだ。だから、もっとわかりやすい表現でお願いしたい。

猫讃《さん》歌《か》

喜怒哀楽

猫がいる

猫が元気でいる

猫が変なポーズでいる

幸せだ

イカ耳の猫に「かわいいねぇ」と言う　僕が猫なら僕にムカつく

喜怒哀楽

全力で遊ぶ子猫が楽しそう　「血が騒ぐ」を目の当たりにしてる

猫たちの遊びとケンカの境い目がわかりづらくて目が離せない

哀愁の意味を教えてくれる目で老猫が見つめる先に僕

「いまのみた？　子猫　同時にあくびして合唱してるみたいだったよ」

どうにでもなるような気になってくる　猫の寝相がおおらかすぎて

ほかに気を取られ余計なことをする猫が仕事に飽きてきた僕

「いまシャッターチャンスです」っていう顔で猫に見られてスマホを向ける

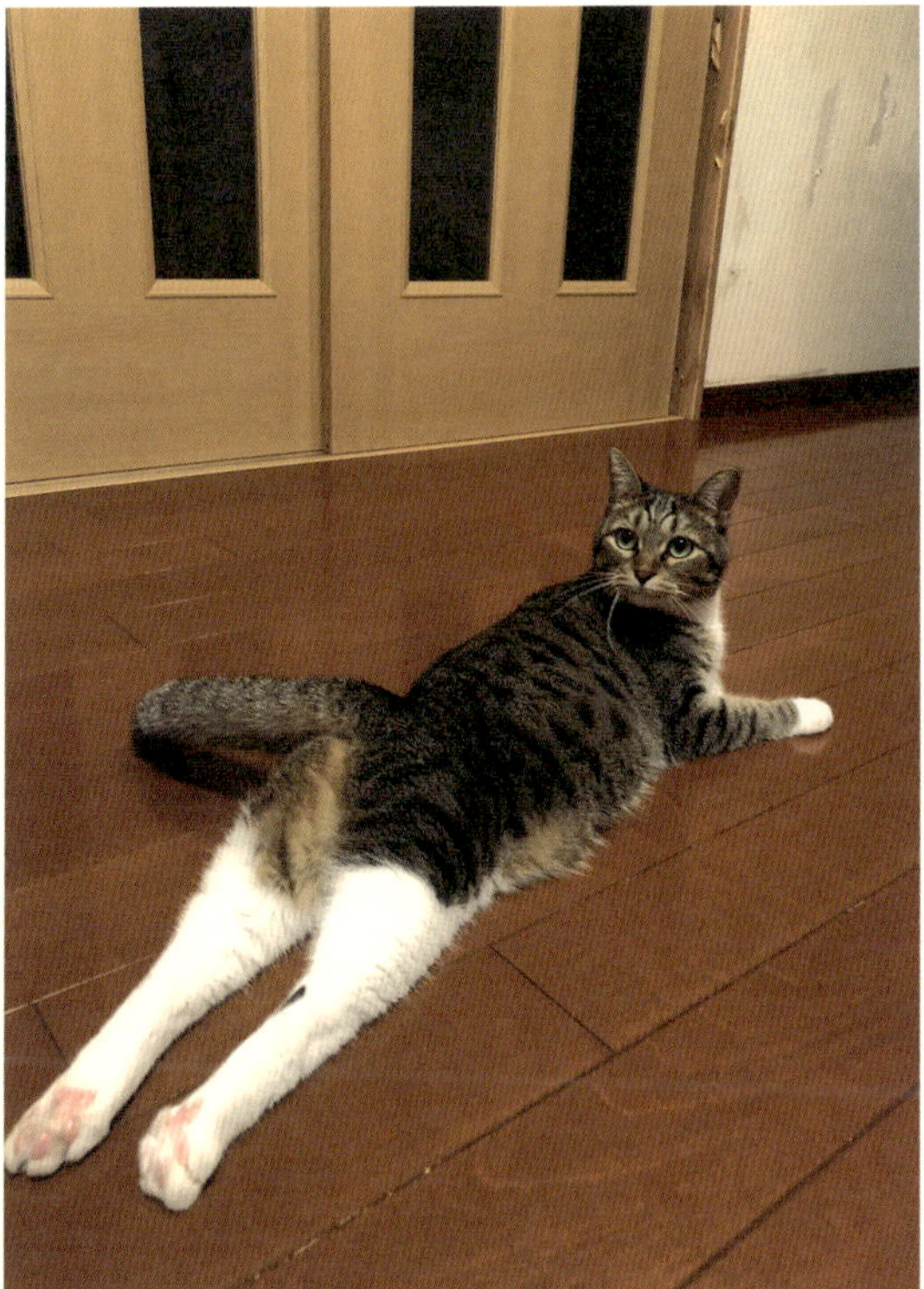

「遊ぶならお相手します」と伸びをしておもちゃの前で猫がやる気だ

鳥に羽　猫に肉球　神さまが人には授けなかった魅力

「なぜそこに？」みたいな場所にいる猫はどういうわけか得意げである

母猫のお腹の中を覚えてできょうだい猫はくっついて寝る

いないいないない　猫がいないいと探すとき　猫はかたくなに返事をしない

大好きな人を覗き見する猫が大好きなので覗き見してる

家を出るときに恨めしそうだった猫がわたしを定時で帰す

言葉こそ発さないけどわかるから　猫は背中で物を言うから

猫ならば確かに仲がいいことは美しいって思えてしまう

おわりに

本書の制作を打診されたのは、猫の看取りの短歌を集めた挽歌集『また猫と　猫の挽歌集』（雷鳥社）の刊行直前だった。ずっと「死」を見つめ続けていた頃、とも言える。そういうタイミングだったので「次は、猫との暮らしの楽しさやのんきさが伝わる本がいい」と思っていた。

同じ頃、松山市の erimaki というギャラリーで、イラストレーターの小泉さよさんとの二人展も進行中だった。これは小泉さんに好きにイラストを描いてもらい、そのイラストを元にして僕が短歌を作る、という「挿し絵」ならぬ「挿し歌」というコンセプトの展示だった。

「楽しくのんきな本を」という思いと「イラストから短歌を作る」という経験が、「写真をもとに短歌を作る」という本書につながっている。

本書の短歌は、ほぼすべて写真がなければ生まれていない新作です。

素敵な写真をご提供いただいたみなさま、そこに写る猫たち、ありがとうございました。

仁尾　智

飼い主さん、猫たち　ありがとう！

この本に登場してくれた猫たち

ソイ、ムギ、いちえ、リク、くろた、クッキー、つくね、チビ、ペロ、クッキー、いちご、シルバ、ろろ、2号くん、なみ、まめ、1号くん、クロ、もも、てん、クッキー、クープ、神、天、龍、風、福、めい、ミミ、雅、リョウスケ、みるく、きなこ、ぽんた、宮治、こじろう、とむ、さぶ、あめ、パツコ、ムク、なつめ、きなこ、かのこ、イヴ、ノエル、くーちゃん、すずめ、ちくわ、チー君、ラン、まめ、みけ、レオ、ゆう、真瑚、夢瑚、マロン、くう、モモ、幸太郎、ゆう、しょう

ありがとうございました！

仁尾 智（にお さとる）
1968年生まれ。歌人。1999年に五行歌を作り始める。2004年「枡野浩一のかんたん短歌blog」と出会い、短歌を作り始める。短歌代表作に『ドラえもん短歌』（小学館文庫）収録の《自転車で君を家まで送ってた　どこでもドアがなくてよかった》などがある。著書に『猫のいる家に帰りたい』『これから猫を飼う人に伝えたい11のこと』（ともに辰巳出版　絵／小泉さよ）『いまから猫のはなしをします』（エムディエヌコーポレーション）『また猫と猫の挽歌集』（雷鳥社）など。

著者　仁尾 智
デザイン・DTP　藤岡恵美子
イラスト　わたなべあきよ
編集　柳瀬篤子（CO2）
校正　前田理子（みね工房）

猫と写真と短歌と僕と

2025年4月1日　初版発行

発行人　松浦祐子
発行所　ONDORI
https://www.ondori-books.jp
発売元　株式会社中央経済グループパブリッシング
〒101-0051　東京都千代田区神田神保町1-35
電話03-3293-3381（営業代表）
https://www.chuokeizai.co.jp
印刷・製本　岩岡印刷株式会社

乱丁・落丁本はお取り替えいたします。発売元までご送付ください。（送料小社負担）
ISBN978-4-502-53771-4　C2076